# M. CASIMIR DELAVIGNE

CITÉ

## AU TRIBUNAL DE LA RAISON, DE LA LANGUE ET DU GOUT,

ou

# CRITIQUE RAISONNÉE,

## GRAMMATICALE ET LITTÉRAIRE

DE SA MESSÉNIENNE SUR LORD BYRON.

### PAR J. N. BLONDIN,

Secrétaire-Interprète à la Bibliothèque du Roi, Auteur de la *Grammaire polyglotte, en six langues*, dédiée à S. M. Louis XVIII, (2ᵉ édition); du *Manuel de la Pureté du Langage*, adopté comme classique dans le Collége royal de Marine; de *la Grammaire en tableau*, annexée au *Dictionnaire de Boiste*, etc.

Surtout qu'en vos écrits la langue révérée,
Dans vos plus grands excès vous soit toujours sacrée.
(BOILEAU.)

## PARIS,

Chez
{ L'Auteur, rue des Lavandières Ste-Opportune, n. 14;
Pélicier, libraire, place du Palais-Royal, n. 141;
Delaunay, libraire; au Palais-Royal;
Maze, libraire, rue du Colombier, n. 9;
Et chez tous les Marchands de Nouveautés.

1826.

# M. CASIMIR DELAVIGNE

CITÉ

## AU TRIBUNAL DE LA RAISON, DE LA LANGUE ET DU GOUT,

OU

## CRITIQUE RAISONNÉE,

### GRAMMATICALE ET LITTÉRAIRE

DE SA MESSÉNIENNE SUR LORD BYRON.

### Par J. N. BLONDIN,

Secrétaire-Interprète à la Bibliothèque du Roi, Auteur de la *Grammaire polyglotte, en six langues*, dédiée à S. M. Louis XVIII, (2ᵉ édition); du *Manuel de la Pureté du Langage*, adopté comme classique dans le Collége royal de Marine; de *la Grammaire en tableau*, annexée au *Dictionnaire de Boiste*, etc.

Surtout qu'en vos écrits la langue révérée.
Dans vos plus grands excès vous soit toujours sacrée.
(BOILEAU.)

## PARIS,

Chez
L'Auteur, rue des Lavandières Ste-Opportune, n. 14;
Pélicier, libraire, place du Palais-Royal, n. 141;
Delaunay, libraire, au Palais-Royal;
Maze, libraire, rue du Colombier, n. 9;
Et chez tous les Marchands de Nouveautés.

1826.

DE L'IMPRIMERIE DE DAVID,
BOULEVART POISSONNIÈRE, Nº 6.

# M. CASIMIR DELAVIGNE

CITÉ

## AU TRIBUNAL DE LA RAISON, DE LA LANGUE

## ET DU GOUT.

Je me trouvai, il y a quelques jours, dans la société de plusieurs savans français et étrangers. On me demanda si j'avais lu *les Messéniennes* de M. Casimir Delavigne; sur ma réponse négative, on s'étonna de ce que je n'avais pas encore lu des productions qui commandent l'admiration de l'Europe. Curieux de connaître ces *Messéniennes* tant prônées, je me les procurai, et je les examinai avec la plus scrupuleuse attention. Dans les trois premières, je remarquai plusieurs vers élégans et harmonieux, des images, des métaphores riches, des pensées sublimes. Mais quel fut mon étonnement de trouver dans la Messénienne sur Lord Byron presque autant de fautes que de vers!

Ainsi donc, dans l'intérêt de la langue, dans celui de la jeunesse, et dans celui de M. Casimir lui-même, je crois devoir signaler des fautes qui outragent notre belle langue, en altèrent la pureté, et en détruisent la simplicité, la grâce, l'harmonie, le charme et la clarté.

J'entre en matière.

Vers 1.    Non, tu n'es pas un aigle, ont crié les serpens.

Les serpens ne crient point, mais ils sifflent.

V. 3.    A peine ils achevaient, que sur leurs dos rampans.

Mais, qu'est-ce qu'ils achevaient ? l'auteur ne le dit point. En prose comme en poésie, un verbe actif doit avoir un régime. *On achève un ouvrage, on achève de déterminer un ouvrage.*

Sur leurs dos rampans...

Quoi! le poète met un *s* à *leur;* combien donc suppose-t-il de dos à ces serpens ? *un, deux, trois, quatre.*

Comme chaque serpent n'a qu'un dos, *leur* ne doit pas prendre d'*s*.

*Rampans;* l'adjectif est ici impropre, parce que les serpens ne rampent point sur le dos, mais sur le ventre.

V. 7.    Il dit à ces serpens qui sifflaient dans la poudre.

On demande à l'auteur pourquoi il particularise par le pronom démonstratif *ces*, des serpens que plus haut il généralise par l'article *les?*

On lui demande aussi pourquoi, au premier

vers, il les fait crier, et au septième, il les fait siffler ?

V. 8.   Que suis-je ? répondez.

Le poète ignorerait-il que le pronom interrogatif *que* s'emploie pour les substantifs de choses inanimées : *Que fais-je ? quelle chose fais-je ?* et que le pronom interrogatif *qui* s'adapte aux substantifs animés : *qui suis-je ? quel homme, quel oiseau suis-je ?*

V. 9.   A cette voix mâle et profonde....

Est-ce que la voix d'un aigle est mâle et profonde?

Quelle profondeur et quelle force y a-t-il dans la voix d'un aigle ?

V. 15.   Vous n'avez pu le méconnaître ;
V. 16.   C'est le messager des éclairs.

Depuis quand les éclairs ont-ils des messagers? Ils ont bien des précurseurs; par exemple, les signes d'un orage.

Mercure et l'Aigle sont les messagers de Jupiter; Iris est la messagère de Junon; mais un éclair ne chargea jamais ni l'un ni l'autre du moindre message.

V. 20.   Tel fut ton noble essor, jeune aigle, et quelle vie !
Vieille de gloire en un matin.

Admirez l'harmonie gracieuse de ce vers : *quelle*

*vie vieille!* comme l'oreille est agréablement flat-
tée!

**V. 28.** Il est du sang des rois! je le sais; eh! qu'importe!

Il doit beaucoup vous importer, M. Casimir,
de vénérer les rois; vous qui êtes honoré de la
munificence particulière d'une Altesse Royale.
Comme les Rois sont les images de la divinité sur
la terre, on doit donc leur être soumis, et leur
rendre l'hommage qui leur est dû.

**V. 3o.** A son vivant éclat que fait la splendeur morte,
**V. 31.** Dont brillait ses aïeux?

Un éclat n'est pas vivant, mais il est vif; l'épithète *vivant* ne peut s'appliquer qu'à un substantif
animé. Elle ne convient donc point au substantif
*éclat.*

La splendeur n'a pas vécu, donc elle n'a pu
mourir; de plus, si la splendeur était morte,
comment les aïeux de lord Byron pouvaient-ils
en briller?

**V. 32.** Les feux qu'en s'effaçant la nuit répand encore.

Comment la délicatesse de l'oreille du poète
n'a-t-elle pas été blessée par la répétition désa-
gréable de ces quatre sons nazals : *en?*

Comment l'auteur ne s'est-il pas rappelé ce
précepte de Boileau :

Il est un heureux choix de vers harmonieux;
Fuyez des mauvais sons le concours odieux.

**V. 42.** Poètes, respectez les prêtres et les femmes,
**V. 43.** Ces terrestres divinités!

V. 44.          Comme dans les célestes âmes ,
V. 45.     L'outrage est immortel dans leurs cœurs irrités.

Quoi! l'auteur commande de respecter les prêtres et les femmes , et il les injurie en disant que ,
comme dans les célestes âmes, l'outrage est immortel dans leurs cœurs irrités. Je suppose
qu'il a voulu dire : *Que dans le cœur d'un
prêtre et dans celui d'une femme , le souvenir d'un
outrage se grave , comme il se grave dans les âmes
dévotes et non célestes.* Il a gauchement pa-
rodié ce vers de Boileau :

Tant de fiel entre-t-il dans l'âme des dévots?

Nous ferons observer au poète que le mot
*cœur* étant ici générique , doit être mis au singu-
lier , parce que chaque prêtre , chaque femme n'a
qu'un cœur , et n'en a pas plusieurs ; de même
*que chaque serpent n'a qu'un dos.*

V. 46. Un temple qu'on mutile a recueilli Voltaire.

On ne mutile point un temple. *Mutiler* n'a
d'usage qu'en parlant du retranchement de quelque membre du corps humain, ou de quelque
partie d'une statue. (Académie).

V. 47.    Vain réfuge, et l'écho des foudres de la chaire ,
V. 48.    Que le prêtre accoutume à maudire un grand nom ,
V. 49.    Tonne encor pour chasser son ombre solitaire
V. 50.        Des noirs caveaux du Panthéon.

*Tonne encor !*

Si l'écho tonne encore, c'est signe qu'il a déjà tonné. Où le poëte a-t-il exprimé que déjà cette action ait été faite?

Oui, Monsieur Casimir, les prêtres, dussent-ils encourir votre animadversion, dans la chaire de la vérité, tonnent et tonneront toujours contre Voltaire, cet ennemi implacable de l'autel et des trônes; toujours ils y foudroieront les doctrines anarchiques et impies de ce patriarche des philoso-phes; toujours ils y tonneront, pour qu'on expulse du lieu saint les cendres de cet impie, qui le profanent et qui le souillent.

V. 51.  Byron, tu préféras sous le ciel d'Ibérie
V. 52.  Des roses de Cadix l'éclat et les couleurs,
V. 53.  Aux attraits de ces nobles fleurs
V. 54.  Pâles comme le ciel de ta noble patrie.

Quelles sont ces nobles fleurs auxquelles, en français, l'auteur donne l'épithète de *nobles*, et dont, en anglais, on dit(*): *Combien leurs formes paraissent mesquines, languissantes, faibles et fanées?* quelles sont ces fleurs? ce sont les lis; mais les lis ne sont pas pâles, ils sont blancs; ils sont l'emblême de la candeur et de l'innocence.

Les lis, que n'a pu flétrir le souffle de l'adver-sité, ont, j'aime à le croire, mille attraits pour notre jeune poëte. La reconnaissance n'est-elle

---

(*) Who round the north for paler dames would seek? How poor their forms appear! how languid, wan, and weak! Childe harold, canto I.

pas l'apanage du génie? et ce sentiment si doux pour les bons cœurs, ne peut sans doute abandonner M. Casimir, qui, chaque jour, reçoit des preuves de la munificence d'un Prince auguste dont cette noble fleur forme un des principaux attributs.

V. 56. Des vierges d'Albion la beauté méprisée
V. 57. Te poursuivit jusqu'au cercueil,
V. 58. Et de l'Angleterre abusée
V. 59. Tu fus le mépris et l'orgueil.

Non, Monsieur Casimir, l'Angleterre ne fut point abusée ; elle méprisa avec raison un homme qui la déshonorait par ses mœurs dissolues, par ses principes immoraux, irreligieux et impies.

V. 68. Entouré de débris qui racontaient des crimes,
V. 69. Tu peignis de grands criminels.

Est-ce que des débris racontent des crimes ? mais, s'ils racontent des crimes, ils racontent aussi des histoires.

V. 72. Persécuté comme le Dante,
V. 73. Comme lui tu rêvas l'enfer.

Turbulent comme ce poète, lord Byron s'attira la haine et l'indignation de ses concitoyens.

V. 74. L'Europe doit t'absoudre, et lancer l'anathème
V. 75. Sur tes tristes imitateurs.

Est-ce pour avoir proclamé le matérialisme et pour avoir outragé les vierges d'Albion, que le poète veut qu'on absolve son héros? C'est le comble du ridicule et de l'absurdité.

V. 82. Comtemplez une femme avant que le linceuil,
V. 83. En tombant sur son front, brise votre espérance!

*Linceuil* est un barbarisme; il fallait écrire *linceul.* On ne dira point que c'est une faute typographique, puisque le poète fait rimer linceuil avec deuil; et, qu'au vers 167, il fait le même barbarisme : *De vos linceuils dépouillez les lambeaux.*

En tombant sur son front, brise votre espérance !

Nous prions l'auteur de vouloir bien nous expliquer comment un *linceul*, un *drap* brise quelque chose en tombant; mais il n'y a ici ni effort ni poids. On ne fait pas d'effort pour poser un linceul sur le front d'un mort; et un linceul ne pèse pas assez pour briser quelque chose.

V. 84.  Le jour de son trépas, ce premier jour du deuil,
V. 85.  Où le danger finit, où le néant commence.

Peut-on concevoir que le poète ait l'impudeur d'offrir à la jeunesse des vers qui proclament le système absurde et révoltant du matérialisme?

V. 98.  Mais l'espoir, un moment, suspendit votre crainte.

Quand l'espoir suspendit-il? L'auteur emploie pour une époque indéterminée le prétérit défini qui éloigne infiniment l'action, lorsque le tableau est encore présent à ses yeux.

V. 110. Ce pur sang que le fer a tant de fois versé.

Le fer ne fait pas l'action de verser le sang, mais il sert d'instrument pour le verser.

De quel sang parle l'auteur? On lui a déjà fait remarquer que le pronom démonstratif *ce* ne s'emploie que pour rappeler un substantif qui a été exprimé.

V. 115. Elle vit, elle parle, elle a dit : liberté!

*Elle a dit.* Pourquoi le poète a-t-il employé le prétérit indéfini quand les autres verbes sont au présent? Le présent animerait l'action, le prétérit la réfroidit.

V. 118. Tu cours, tu la revois ; mais c'est en expirant.

L'auteur a voulu dire *tu expires en la revoyant,* ce qui fait une grande différence.

V. 121. Autour de la croix sainte, au pied des monts errant,
V. 122. Le peuple confondait, dans l'ardeur de son zèle,
V. 123. Son antique croyance avec sa foi nouvelle ;
V. 124. Invoquait tous ses dieux, et criait en pleurant.

Le poète, au lieu d'inspirer de l'intérêt pour les Grecs actuels, les déconsidère, en les réunissant autour de la croix sainte avec les anciens Grecs qui étaient des païens, et en leur faisant invoquer plusieurs dieux.

V. 129. Flots purs où s'abreuvait la poésie antique,
V. 130. Versez votre rosée à ce front héroïque.

Est-ce que des flots versent de la rosée à un
front, comme on verse du vin ou de la liqueur à
quelqu'un?

Des flots ont-ils de la rosée? S'ils en ont, peu-
vent-ils la verser? La rosée se verse-t-elle comme
on verse un seau d'eau?

Il n'y a que les vaporeux romantiques qui
puissent concevoir un tel galimatias.

V. 133. Dieux rivaux, de nos pleurs séchez la source amère;
V. 134. Dieu vainqueur de Satan, Dieu vainqueur de Python,
V. 135. Renouvelez pour lui les jours nombreux d'Homère
V. 136.     Et la vieillesse de Milton.

Quels dieux invoque le poète pour renouveler
en faveur de lord Byron, les jours d'Homère et la
vieillesse de Milton? Le dieu vainqueur de Satan
(J.-C.); le dieu vainqueur de Python (Apollon);
mais c'est un blasphême qui outrage la divinité.

V. 140. N'invoquez pas les flots des fontaines sacrées;
        Ils brûlent tôt ou tard les lèvres inspirées.

Nous concevons que les flots d'un torrent de
feu, par exemple ceux du Phlégéton puissent
brûler; mais les flots purs et rafraîchissans des
fontaines ne peuvent brûler rien, pas même des
lèvres, et à plus forte raison des lèvres inspirées.

V. 148. Pleure, ingrate Albion, l'exil paya ses chants.

Sans doute le poète ne s'est pas rappelé qu'il a dit au vers 61 : *L'auteur par son exil expia ses outrages*, ce qui fait une grande différence.

V. 161. Il chantait comme Homère, il fût mort comme Achille !

*Il chantait comme Homère.* Il n'y a que vous, M. Casimir, qui osiez avancer que le vaporeux et l'inintelligible Byron chantait comme le sublime Homère.

*Il fût mort comme Achille !*

Le poète déprécie son héros, en disant qu'il fût mort comme Achille ; car la mort d'Achille ne fut pas glorieuse, puisqu'il ne mourut point au champ d'honneur. Grammaticalement, il fallait dire : *il serait mort*, et non pas *il fût mort*, parce qu'on emploie le conditionnel présent quand l'époque est incertaine, et le conditionnel passé, quand l'époque dont on parle est entièrement écoulée.

V. 166. Westminster, ouvre-toi ! levez-vous devant elle,
V. 167. De vos *linceuils* dépouillez les lambeaux,
V. 168. Royales majestés ! et vous, race immortelle,
V. 169. Majestés du talent qui peuplez ces tombeaux,
V. 170. Le voilà sur le seuil, il s'avance, il se nomme....

Sur le seuil de quoi ? *de Westminster ?* il fallait le dire ; et puis, ce ne serait pas sur *le seuil*, mais *sur ton seuil* qu'on devrait écrire, puisqu'on apostrophe *Westminster*.

V. 171. Pressez-vous, faites place à ce digne héritier.

Héritier *de qui ? de quoi ?* le poète ne le dit point.

V. 172. Milton, place au poète! Howe, place au guerrier!

Quoi! il faut que Milton fasse place à un poète romantique dont les écrits ne sont pas marqués, comme les siens, du sceau de l'immortalité?

Howe, place au guerrier !

Quoi! il faut que Howe, l'un des plus grands amiraux qui aient étonné l'Océan, fasse place à un homme qui a eu envie de se faire soldat, et qui n'a pas tiré une seule fois l'épée?

V. 173. Pressez-vous, rois, place au grand homme!

Quoi! il faut aussi que les rois se pressent pour faire place à un chevalier errant qui a outragé les vierges de son pays? à un poète turbulent, immoral, matérialiste?

Et voilà le héros que le poète offre à l'admiration de l'Europe!

Je laisse maintenant au lecteur à prononcer si de tels vers doivent être proposés pour modèles à la jeunesse studieuse, à laquelle on ne saurait trop répéter : *Point de salut, point de goût en littérature, sans la raison et sans l'instruction. Avant donc que d'écrire, apprenez à penser.*

On annonce dans les journàux que M. Casimir Delavigne , qui est en ce moment à Rome,
vient de composer deux nouvelles *Messéniennes,*
l'une sur les Grecs, et l'autre intitulée : *Christo-*
*phe Colomb.*

Je me plais à croire que notre jeune poète
les aura élaborées avec le plus grand soin, et
que, dans l'examen grammatical et littéraire que
j'en ferai, la part de l'éloge l'emportera infiniment sur celle de la critique.

D'après la délibération du Conseil royal de l'Instruction publique, à laquelle est jointe la dispense de payer le droit universitaire, et d'après le vœu de MM. les Maires de Paris, exprimé dans une lettre de M. le Conseiller – d'Etat, Préfet du département de la Seine, je donnerai très-incessamment trois Cours publics et gratuits.

1° Un de Langue française, de Diction, de Critique, de Poésie, de Prosodie, et de Lecture à haute voix, de morceaux choisis de nos poètes et de nos orateurs les plus célèbres ; avec la huitième édition de ma *Grammaire française*, et avec mon *Manuel de la Pureté du Langage*, adopté comme classique dans le Collége royal de la Marine.

2° Un des Élémens du latin et du grec, comparés par analogie avec le français ; avec ma *Grammaire latine démonstrative*, dédiée à S. M. Louis XVIII.

Ce cours, d'après les intentions du Roi, est spécialement destiné aux élèves des petits séminaires. ( Voir la lettre de Son Exc. le Ministre de la Maison du Roi, du 14 octobre 1825.)

3° Un avec ma *Grammaire polyglotte*, d'Italien, d'Espagnol, de Portugais et d'Anglais, en faveur des jeunes gens qui se destineraient à l'art militaire, au commerce ou à la diplomatie.

On trouvera ces divers ouvrages chez les libraires indiqués ci-dessus.

Aussitôt que, dans l'intérêt de l'Instruction publique, j'aurai obtenu de l'autorité un local, je donnerai ces trois cours.

Par la voie des affiches et des journaux je préviendrai le public du jour où j'en ferai l'ouverture, et de ceux auxquels ils auront lieu.

www.ingramcontent.com/pod-product-compliance
Lightning Source LLC
Chambersburg PA
CBHW061412170626
46811CB00005B/1965